U0788801

國家圖書館藏古籍善本集成　陳紅彥　主編

宋刻本離騷草木疏

[宋]吴仁傑　著

出版説明

文物出版社

出版說明

陳紅彦

《離騷》是中國戰國時期詩人屈原創作的詩篇，以詩人自述身世、遭遇、心志爲中心，傾訴詩人對楚國命運和人民生活的關心，表達堅持理想不妥協邪惡勢力的意志，並通過神遊天界、追求理想和失敗後欲以身殉的陳述，反映出愛國愛民的感情。全詩運用美人香草的比喻、大量的神話傳説和豐富的想象，表現出積極的浪漫主義精神，開創了中國文學史上的『騷體』詩歌形式，影響深遠。

《離騷草木疏》爲宋吴仁傑爲《離騷》所作之註疏。吴仁傑，字鬥南，一字南英，號蠹隱，又號蠹豪，洛陽（今屬河南）人，寓居崑山，故又稱崑山（今屬江蘇）人。曆南宋孝宗、光宗、寧宗三朝，具體生卒年不詳。孝宗淳熙五年（1178年）進士，歷羅田縣令，仕至國子學録。康熙《崑山縣誌》稱仁傑有俊才，敏而好古，博洽經史，長於稽考。嘗講學朱子之門，是程朱學派中人物。著有《洪範辨圖》《兩漢刊誤補遺》《離騷草木疏》等。

《離騷草木疏》，四卷，爲『宋慶元六年方燦羅田縣庠刻本』。此本書末有慶元三年（1197年）丁巳四月三日吴仁傑自序，云：『根莖華葉之相亂，名實之異同，悉本元，分別部居，次之於槧，會萃成書，區以別矣。』道出《離騷草木疏》微言大義。此書前三卷，專疏芳草嘉禾，每卷卷端下題『通直郎行國子録河南吴仁傑撰』，卷四『蕕草附録』專疏資、葹等讒花媚草，而下題闕如。此疏多以《山海經》爲據，徵引宏富，考辯典核，可補王逸訓詁《離騷》不足之處。《四庫全書總目》該書提要稱此書『徵引宏富，考辨典核，實能補王逸訓詁所未及，以視陸璣之疏《毛詩》，羅願之翼《爾雅》，可以方軌並駕，爭鶩後先，故博物者恒資焉』。

此書又有慶元六年（1200年）庚申八月十五日河南方燦識語，稱『國録吴先生，以淹該之學，從政之暇，訓釋諸書，譬引後進，不爲不多。比以《離

出版說明

《離騷》是中國戰國時期詩人屈原創作的詩篇，以詩人自述身世、遭遇、心志爲中心，傾訴詩人對楚國命運和人民生活的關心，表達堅持理想不妥協邪惡勢力的意志，並通過神遊天界、追求理想和失敗後欲以身殉的陳述，反映出愛國愛民的感情。全詩運用美人香草的比喻，大量的神話傳説和豐富的想象，表現出積極的浪漫主義精神，開創了中國文學史上的"騷體"詩歌形式，影響深遠。

《離騷草木疏》爲宋吳仁傑爲《離騷》所作之注疏。吳仁傑，字斗南，一字南英，號蠹隱，又號蠹翁，洛陽（今屬河南）人，寓居崑山，故又稱崑山（今屬江蘇）人。歷南宋孝宗、光宗、寧宗三朝，具體生卒年不詳。孝宗淳熙五年（1178年）進士，歷羅田縣令，仕至國子學錄。康熙《崑山縣志》稱仁傑有俊才，識而好古，博洽經史，長於禮學。嘗講學朱子之門，是程朱學派中人物。著有《洪範辨圖》《兩漢刊誤補遺》《離騷草木疏》等。

《離騷草木疏》四卷，爲"宋慶元六年方燦羅田縣庠刻本"。此本書末有慶元三年（1197年）丁巳四月三日吳仁傑自序，云："根莖華葉之相亂，名實之異同，悉本元，分別部居，次之於策，會粹成書，區以別矣。"道出《離騷草木疏》微言大義。此書前二卷，專就芳草嘉木，每卷各篇下題"通直郎行國子錄河南吳仁傑撰"。卷四"藥草附錄"專説蔬實、蒲茅、蕭艾類草，而下題闕如。此疏多以《山海經》爲據，徵引宏富，考辨典核，可補王逸訓詁《離騷》不足之處。《四庫全書總目》該書提要稱此書"徵引宏富，考辨典核，實能補王逸訓詁所未及，以視陸璣之疏《毛詩》、羅願之翼《爾雅》，可以方軌並駕，爭鶩後先，故博物者恒資焉"。

此書又有慶元六年（1200年）庚申八月十五日河南方燦跋語，稱"國錄吳先生以博洽之學，從宦之暇，取騷經諸書，譬引該備，不爲不多，所以《離

陳紹彥 序

騷草木疏》見屬，刊於羅田縣庠，籲遠矣哉。慶元庚申中秋日，河南方燦識』。

羅田縣今屬湖北，宋代屬荆湖北路。宋代荆湖北路刻書不多，有此流傳，實屬罕見。清乾隆時編修《四庫全書》未見此本，使用安徽巡撫採進的影宋抄本，提要稱：『此本爲影宋舊抄，末有慶元庚申方燦跋，又有校正姓氏三行，蓋仁傑官國子學録時，屬燦刊於羅田者。舊版散佚，流傳頗罕，寫本僅存，亦可謂藝林之珍笈矣。』四庫館臣未能找到慶元六年羅田縣庠刻本，將據以影抄之本視爲藝林珍笈，此宋代原刻本，益顯珍貴。

此本鈐有『乾學』『徐健菴』『汪印士鐘』『振動汪印』『振動私印』『閬原父用』『吴下汪三』『某泉父』『至堂』『楊印以增』『宋存書室』『東郡楊氏宋存書室珍藏』『東郡楊紹和彦合珍藏』『彦合讀書』『彦合珍玩』『紹和』『協卿』『楊紹和審定』『東郡楊紹和鑒藏金石書畫印』『楊氏海源閣印』

『楊二協卿』『道光秀才鹹豐舉人同治進士』『唐越國公四十二世子孫』『墓田丙舍秉燭讀書』等印記，表明清初，此書爲徐乾學所藏，後又經汪氏藝芸書舍和海源閣遞藏，傳承有緒。

騷草木疏》見圖，刊於羅田縣庠，爲遠矣哉。慶元庚申中秋日，河南方燦識』。

羅田縣今屬湖北，宋代屬荊湖北路。宋代荊湖北路刻書不多，有此流傳，實屬罕見。清乾隆時編修《四庫全書》未見此本，使用安徽巡撫採進的影宋抄本，提要稱：「此本爲影宋舊抄，末有慶元庚申方燦跋，又有校正姓氏三行，蓋仁傑官國子學錄時，屬燦刊於羅田者。舊版散佚，流傳頗罕，寫本僅存，亦可謂藝林之珍笈矣。」四庫館臣未能找到慶元六年羅田縣庠刻本，將據以影抄之本視爲藝林珍笈，此宋代原刻本，益顯珍貴。

此本鈐有「乾學」「徐健菴」「汪印士鐘」「振勳汪印」「振勳私印」「閬原父」「用」「吳下汪三」「某泉父」「至堂」「楊以增印」「宋存書室」「東郡楊氏宋存書室珍藏」「東郡楊紹和彥合珍藏」「彥合讀書」「彥合珍玩」「紹和」「協卿」「楊紹和審定」「東郡楊紹和鑒藏金石書畫印」「楊氏海源閣印」「楊二協卿」「道光秀才咸豐舉人同治進士」「唐魏國公四十二世子孫」「墓

田丙舍蕃獨讀書」等印記，表明清初，此書爲徐乾學所藏，後又經汪氏藝芸書舍、楊氏海源閣遞藏，傳承有緒。

策　　劃：莊喜臣

責任編輯：李縉雲　賈東營
責任印製：張道奇

圖書在版編目（CIP）數據

宋刻本離騷草木疏／（宋）吴仁杰撰．-- 北京：文物出版社，2020.4
（國家圖書館藏古籍善本集成／陳紅彦主編）
ISBN 978-7-5010-6487-8

Ⅰ．①宋… Ⅱ．①吴… Ⅲ．①楚辭研究 Ⅳ．①I207.223

中國版本圖書館 CIP 數據核字（2019）第 281284 號

國家圖書館藏古籍善本集成
宋刻本離騷草木疏
［宋］吴仁杰　撰

出版發行　文物出版社
郵　　編　一〇〇〇〇七
地　　址　北京市東直門内北小街二號樓
網　　址　hppt://www.wenwu.com
郵　　箱　web@wenwu.com
製　　版　常州市彩之源數碼圖像有限公司
印　　刷　常州市金壇古籍印刷廠有限公司
開　　本　十六
版　　次　二〇二〇年四月第一版
　　　　　二〇二〇年四月第一次印刷
書　　號　ISBN 978-7-5010-6487-8
定　　價　一〇四〇圓

策　劃：莊喜臣

責任編輯：李縉雲　賈東營
責任印製：張道奇

圖書在版編目（CIP）數據

宋刻本離騷草木疏 /（宋）吳仁杰撰 . -- 北京：文物出版社，2020.4
（國家圖書館藏古籍善本集成 / 陳紅彥主編）
ISBN 978-7-5010-6487-8

Ⅰ . ①宋… Ⅱ . ①吳… Ⅲ . ①楚辭研究 Ⅳ . ①I207.223

中國版本圖書館 CIP 數據核字（2019）第 281284 號

國家圖書館藏古籍善本集成

宋刻本離騷草木疏

[宋] 吳仁杰 撰

出版發行　文物出版社
郵　　編　一〇〇〇〇七
地　　址　北京市東直門內北小街二號樓
網　　址　http://www.wenwu.com
郵　　箱　web@wenwu.com
製　　版　常州市彩之源數碼圖像有限公司
印　　刷　常州市金壇古籍印刷廠有限公司
開　　本　十六
版　　次　二〇二〇年四月第一版
印　　次　二〇二〇年四月第一次印刷
書　　號　ISBN 978-7-5010-6487-8
定　　價　一〇四〇圓